청어詩人選 398

민낯이 아름답다

해얀 김유순 시집

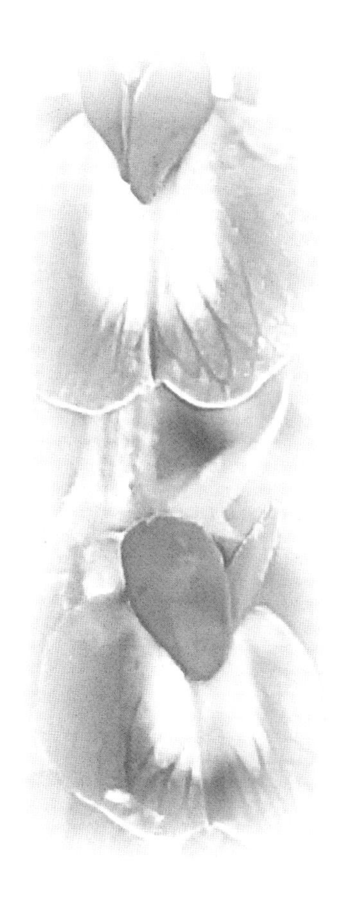

도서출판 청어

민낯이 아름답다

해얀 김유순 시집

시인의 말

그리운 날
콩제비꽃 앞에 앉아
속엣말 풀어내고
마음이 허기져 가슴 시려오면
접어두었던 심상을 모아
시를 썼습니다

2023년 여름
해얀 김유순

차례

제2해 반짝이는 실을 뽑아 또 하나의 집을 짓는다

제3해 따비밭의 노래

제4해 이슬처럼 달려 있는 그리움

제5해 그대 곁으로 간다

발문

제1해

마주치는 눈빛

달맞이꽃을 닮은 여인이 있다
은은한 향기와
들녘 어디에서나 만날 수 있는 수수한 꽃
아침이슬에 함빡 젖어
달맞이
꽃잎을 접고 접는다
푸른 시절 그 남자와 별이 되고 싶어

달창숟가락

오목 들어간 배를
살짝 가리고
오직 남의 배를 채워주기 위해
숨 가쁘게 살아온 세월

정갈한 밥상 위엔
한 번도 오르지 못하는
달창 숟가락

말라붙은 마음 떼어주고
다듬어주는
영원한 조연이라도 좋다

할미밀망

코로나가 삼켜버린 계절
손녀의 생애 첫 입학식도
찔레꽃 향기 그윽한 봄도
흔적 없이 사라진 담장엔
할미밀망이 눈송이처럼 앉아있다

밀망 속
자질구레한 잡동사니를 밀치며
자리를 만드는 건
어미이기에
훗날
할미밀망 사위질빵 만발하여 어우러진
눈송이 같은 꽃을 피우려고

곰삭은 사랑

시댁이라는 낯선 울 안에
첫발 디디던 날
허공에 뜬 마음 살가운 정으로
챙겨주시던 둘째 형님

입맛을 송두리째 잃었던 여름날
깨소금 향 짙은 까만 장아찌에
무거운 체증은 녹아내리고

항아리 맨 아래
해묵을수록 곰삭은 사랑
끊을 수 없는 사랑

보약 같은 하루

어린이집에
손주 지호를 데려다 주면서
꽃 좋아하시는
어머니 생각이 났다면서

나리꽃을 찍어 보낸 며느리
아침 이슬 같은 사진 한 장
눈꼬리는 내려오고

입꼬리는 올라가다가
이내 벙글어진다

보약 먹은 하루가
온몸에 피는 나리꽃에
활짝 웃는다

달맞이꽃

달맞이꽃을 닮은 여인이 있다
은은한 향기와
들녘 어디에서나 만날 수 있는 수수한 꽃
아침이슬에 함빡 젖어
달맞이
꽃잎을 접고 접는다
푸른 시절 그 남자와 별이 되고 싶어

달맞이꽃을 닮은 여인은
가냘픈 허리 곧추세우면서도
얼굴에는 생기가 없어질 때쯤
알갱이 같은 사랑을 품에 꼭 안는다

자갈밭 언저리에서
탱탱한 꿈을 머리에 인 채
얼굴이 붉어지도록 버티고 서서
맞이하는 달 달
천천히 멀어져 간다
그 길을 따라간다

빨간 장갑

뽀송한 민낯으로 기지개를 켠다
노곤했던 몸에 솟아난 에너지
크게 심호흡을 한다
비가 오면 질척했던 마음도
이글거리는 태양에 가슴이 녹아내렸어도

살그랑 호미질에
씨알 굵은
황금알 같은
감자가 얼굴을 내밀면
후줄근해진 빨간 장갑이
허리를 편다

그 남자가 사는 법

부부로 살다 보니
티격태격할 일이 많다

참깨를 베어서 말리고 옮기는데
남편은 깻단을 거꾸로 세우고
참깨는 깨톡 깨톡 쏟아진다

마주치는 눈빛

빛보다 빠른 발걸음은
어둠 속으로 사라지고
구시렁거리는 소리가 잦아들자
"아까 한참 떠들던 여자분은 가셨어?"
살다 보면 요령도 생긴다

상추 대궁

텃밭 상추가
하루 새 대궁을 쑤욱 밀어 올렸다
억센 듯해도
쌉싸름한 뒷맛이 개운하다

텃밭에는
요기를 봐도 조기를 봐도
엄마의 흔적이다
팔 남매가 열매를 맺을 수 있도록
상추 대궁처럼 땀에 전 굽은 허리

엄마가 하얗게 웃고 있다
상추 대궁의 뽀얀 진액이 흘러내리면
엄마의 땀 내음에 푹 젖어든다

산바라지

작은 항아리 속 깜깜한데
옹기종기 모여있는 새알 들
어린 소나무 세 가닥을 그늘 삼아
둥지를 튼 것인지

난 그 일에 아무 관여도 안 했지만
바람이 불면 밤잠을 설치고
비가 내리면 동동걸음치면서
우산을 씌우고 분주했다

아침 향기
이슬에 젖어 촉촉한 날
마지막 아기새 한 마리까지
눈짓도 없이 포로롱 날아간다

보리뱅이의 하루

아침 이슬 촉촉한 청보리가
은물결을 이룬다
꿈꾸듯 한 자락
지나가는 실바람에 몸을 싣는다

청보리밭 두렁엔 언제나
보리뱅이가 함께였지만
흔들릴 만큼 흔들리고 나서야
보일락 말락 노란 꽃을 피운다

처음

목련화가 첫 봉오리를 터트린다
여리디여린 꽃잎이
하늘 향해 안간힘을 쓰며
한 잎씩 피워낸다

스치기만 해도
상처가 남는 꽃잎에 향기를 담고
첫 입학 하는 날갯짓이 힘차다

어우러진다는 건

배가 볼록한 항아리들이
옹기종기 모여있는 장독대
푹 퍼진 몸매쯤이야
아랑곳하지 않는다
가마솥의
그 뭉근한 긴 시간을 견딘다는 건
나를 내려놓고
오직
어우러진다는 일념 하나
어쩌다
이방인이 된 콩알이
말끔한 차림으로 바라본다

그녀의 좌판

육거리 새벽시장
단출한 좌판을 벌인
그녀의 목소리가 활기차다
하루를 25시로 사는
그녀의 새벽은 남다른 희망이다

서로 어긋나기만 했던
햇빛과 바람과 이슬방울이
모처럼 그녀의 좌판 바구니에서
회포를 푼다

한 번이라도 덤을 얹어주고 싶은
후덕한 손길에 사랑이 묻어난다

말간 네 속을 보여줘

갈무리가 끝난 텅 빈 배추밭에
무리에서 떨어진 배추 한 포기가
얼음이 박힌 채
속을 훤히 드러내고 있다

동지섣달 긴긴밤을
내 속과 네 속이
말갛게 될 때까지
울고 웃으며 털어내던 그 시절
그리움이 사무친다

온탕과 냉탕을 수없이 넘나들며
롤러코스터를 탄 듯
혼미한 가운데
한 줄기 빛을 찾아간다

서리꽃도 따스하다

겨울 민들레가
하얀 서리꽃을
덧 피우고 있다

나무도 잎을 떨구고
풀도 고개를 숙였는데
겨울 민들레가 노랗게
웃고 있다

시시때때로 불어오는 찬 바람
벅차기도 하련만

봄 여름 가을
언제나 같은 낯빛으로
제자리를 지킨다

고갯마루에서

호두나무 고갯길에
늙은 호두나무 한 그루
가쁜 숨을 쉬고 있다
푸른 날 울창하던 잎은 떨어지고
앙상한 가지에 옹이가 박힌 채
호두나무 길 찾아가는 지표가 되고 있다

팔 남매의 비바람 막아주느라 생긴
크고 작은 생채기가 옹이로 박힌
엄마의 얄팍한 가슴

따스했던 온기 더듬어
인생을 살아가는
등불을 삼는다

덩그러니

벽 한쪽 구석에 걸려있는 얼게미
수년 동안 소리 없이 있더니
추억 하나 꺼내 보자며
날 부른다

네모난 구멍 사이로 펼쳐지는
장마철 냇가
얼게미 안에 장어 한 마리 들어왔다
'눈이 먼 게지, 나한테 걸리다니'
"장어 잡았다!"
큰소리로 친구를 부르다가 돌아본 순간
장어는 간데없고 빈 주전자만
덩그러니

빈 눈으로 바라보는 얼게미 구멍
냇물과 청춘과 푸른 꿈도 빠져나간 구멍
사이사이 사이로
기르고 낳은 두 아들과 며느리만
행복하다고
덩그러니 덩그러니
졸졸졸 흐른다

빼앗긴 버스 요금

중년 여인이 버스에 오르면서
요금함에 돈을 넣는다
댕그랑
버스 요금 올랐어요
기사 아저씨의 목소리가 기다린다

한 정거장 지나
한층 높아진 목소리로
버스 요금 올랐다구요
놀란 눈동자들이 한곳으로 몰린다

도대체 오른 버스요금은 누가 채갔나

시도 때도 없이
내 소리를 가로채 가는 풀벌레
훗날 내 모습을 보는 듯
두리번거리는 여인을 품어 안는다

손길

아파트 주차장 가는 길
오가며 마주치는
즐비한 국화꽃
그대는 설렘인가요

아침 햇살 반짝일 때
송골송골 맺힌
그대의 땀방울을 보았어요

누가 누굴 시새워할까
얼굴 얼굴 함박웃음
하나로 아우르는
그대는 사랑인가요

세찬 바람에 떨어진 꽃잎
그 자리 맴돌다 떠나는 건
그대의 기다림인가요

제2해

반짝이는 실을 뽑아
또 하나의 집을 짓는다

가을 문턱 넘기기가
유난히 힘들던 그해
목 타는 듯한 열꽃이 피고
다시 꿈꾸지 못한 그 사랑

스며들다

처음엔 다 알몸이지
콩알이 그렇고
소금이 그렇고

이리 치이고
저리 부대끼며
살아온 인생살이
살아갈 세상살이

품어주는 것은
품이 너른 항아리
묻는 법이 없다
그저 끌어안아 아우를 뿐

이력서

이순을 넘도록 걸어온 길
백세시대라며
이력서 한 장 쥐여준다
학력
경력
메줏덩이처럼
이리 치고 저리 치며
각을 맞추어
틀 안에 밀어 넣으니
칸 칸마다 또 다른 내가 앉아
어색한 미소를 짓고 있다

난생처음 써 본 이력서가
겨울을 헤치고 나오는
명자꽃 망울 같다

한 폭의 그림

잡초에 우거져
모양조차 없던 돌짝 밭
돌멩이를 걷어내고 주워내니
밭 한 뙈기 반듯하다

보리밥에 상추쌈
풋고추 넣은 된장찌개를 그리며
땀방울 훔칠 때마다 지은 미소가
한 폭의 그림처럼 정겹다

다방에서

매화꽃 향기 가득한 봄날
콩닥콩닥 뛰는 가슴을 누르고
계단을 오르던 그 다방

알록달록한 조각보처럼
모아진 지난날이
찻잔 속에서 추억을 젓는다
향기는 여전히 짙어 오르고

엄마 얼굴이 보름달처럼 차오른다

하~

총각무 새싹이 소복하게
올라온 어느 날
장대비가 줄기차더니
엎어지고 젖혀져 떡잎으로 난장판이다

보암직하고 미끈한 각선미의
총각무
다시 시작해도
늘씬한 총각을 만날 수 있을지

마음먹은 대로 안 되는 게 세상살이지만
넘어지고 자빠져도
다시 일어나야지

시골 장날

기운이 한 가닥도 남아있지 않은
몸뚱어리를 일으켜 세운 건
자식들이 용돈이라며 찔러 넣어준
꼬깃꼬깃한 푸른 잎 몇 장과
뜰팡 한켠에 고이 모셔둔 자가용이
구부러진 골목길을 지나고
시끌벅적한 장마당에 들어서니
겨울잠에서 깨어난 바지 속 주머니의
푸른 잎들이 수선을 떤다

첫사랑 닮은 향기에
은은하던 라일락이 손을 잡을까
꽃놀이 갈 때 입을 꽃바지와 입맞춤할까
밀고 당기고 두어 바퀴 돌고 돈
저녁 밥상엔
고등어자반 한 손이
비릿한 미소를 짓는다

흔적

그분이 오시는 날엔
신발부터 찾으시고
밤을 잊은 채 목소리에 힘을 싣는다

강단 있고 정갈했던
푸른 날이 떠나지 못하고
돌아보며 남기는 손놀림이 쉬지 못한다

고희를 바라보는 고갯길에서
깨닫는 우매함이여

산천어가 뛰놀고
물냉이가 꽃 피고 콧노래 부를 수 있는
산골짜기 맑은 물이
삭정이가 녹고 고주박이 풀어진
진액인 것을

마음 고르기

동그랗고 커다란 녀석이
먼저 치고 나가고
작아도 야물팍진 녀석이
뒤를 따른다
구르기만 잘해도
중간은 가는데
이쪽에 툭
저쪽에 툭
공연스레 앞길을 막는
모난 녀석들

수확 전에 떨어진
콩알처럼
여물지 못하고
꼬이고 뒤틀어진 것들을
골라낸다

그 자리

갈바람에
살아온 흔적이 우수수 떨어진다
끊어질 듯 말 듯 한
어둡고 긴 터널을
한참 달려오는 동안
손에 움켜쥐고 온 것만
품에 안는다

사람 사는 집엔
사람이 드나들어야 한다면서
우리 집에 와서 밥 잡숫고 가셔
된장 맛있어

그때그때 다른 나이가
오늘은 스무 살이다
한겨울임에도
애호박 풋고추 따서
장 끓이고 상추 뜯어 상 차리는
후덕한 마음씨
가진 것 다 내주어도
변하지 않는 마음자리

들국화

산기슭 칡덩굴 틈에서
한여름 쑥부쟁이
머언 그리움 하나 달고
와
툭

투박한 손에 한 송이 받아쥐면서
잠이 든든했던 가슴이 콩닥거려
사무치는 그리움

가을 문턱 넘기기가
유난히 힘들던 그해
목 타는 듯한 열꽃이 피고
다시 꿈꾸지 못한 그 사랑

고갯마루에서
애꿎은 돌부리만 차고 있었네

장마

느닷없이 터지는 물풍선에
총각네 양어장이 넘친다

총각은 가슴까지 차는 물속에
주저 없이 뛰어들고
키 높이까지 뛰는 메기들은
기회를 놓치지 않는다

누구의 편에도 설 수 없는
눈망울이
잡으려는 자와
탈출하려는 자를
애써 외면한다

꿈을 꾸며
보이지 않는 틀 안에서
몸부림치던 푸른 시절
울 안에서 탈출한 메기들처럼
너른 세상을 품고 싶다

편도 일차선으로 간다

두릉유리로를 달리다 보면
가끔 진풍경이 펼쳐진다

트랙터라도 나타나면
덩치가 크든 작든
그 뒤를 줄줄이 따라간다
마음 급한 이가
삐죽 고개를 내밀다 말고
가다 보니 어느새 뻥 뚫린 길

편도 일차선에서 생각한다
살면서 순간순간
상처로 꽁꽁 남아있는 것
옹이로 들어앉아 있는 것들이
삐죽 고개를 내밀 때
옷소매를 잡아당기면
두릉유리로의 편도 일차선처럼
내 길도 뻥 뚫리겠지

봄날

- 꽃샘바람 매서운데
빼꼼히 고개 숙인 해쑥이
아련한 추억 몰이를 한다
노란 콩이 찬물에 제 몸 불리는 동안
저녁 무렵 어머니의 잰걸음은 생각이 많다

청솔가지 매캐한 연기 속에서
매운 맘 달래시던 어머니
하루를 잡은 봄날이 내놓은
콩죽 한 그릇이 배시시 웃는다

- 햇살 고운 날 무작정 길을 나선다
양지바른 언덕에 봄까치꽃
곰살맞게 피어나 재잘거리고
고만고만한 공깃돌이 앞자락 가득
소꿉친구들 불러와
옹기종기 앉아 까르륵댄다

오늘은 봄까치꽃 같은 선물을 하고 싶다
사람을 좋아해서 외로움을 많이 타는
해도 길고 밤도 길다는 그녀에게

봄비

- 봄비가 까치발로 살금살금
봄까치꽃을 찾아갑니다
실파와 부추가 초록 원피스를 똑같이 입고
허리를 반쯤 굽힌 모습으로 봄비를 맞이합니다

오늘 같은 날엔 하늘거리는 원피스를 입고
봄 마중을 나갈까 합니다

- 봄이 오시는 길에 봄나비 날개 다칠라
파릇한 솔이끼 한 자락 깔아놓고
푸른 소나무 너를 더 너답게
널 닮고 싶은 나를 더 나답게

죽은 듯 삭풍에 떨던 나뭇가지가
한줄기 가랑비에 눈가를 적시고
봄비보다 더 먼저 달려온 솔이끼

꿀벌의 보릿고개

이른 봄
꽃향기는 꽃눈 속에 숨고
반기는 꽃 한 송이 없는
들판은 허허로운데

고추장 담그려
조청 달이는 달콤한 향기에 이끌렸나
윙윙 달려드는 꿀벌들
노곤하도록 파득거리는
날갯짓이 애처롭다

입춘 지나 따사로운 한낮의 햇살 아래
자식들 입에 꿀처럼 단것만 넣어주시려
종종걸음치시던 어머니

나비 한 마리

나비 한 마리가
목이 긴 유리병에 날아들었다

푸른 날
무거운 짐을 진 가장이 되고
몸은 마른나무처럼
앙상하게 생기를 잃었지만
누에고치처럼
반짝이는 실을 뽑아
또 하나의 집을 짓는다

아직도 푸른 잔디를 심으며
희망가를 부르는
나비 한 마리

싸락눈 내리는 밤에

싸락눈 내리는 2월의 밤
창밖 공기는 코끝이 맵다
차라리 너울너울
함박눈이라면 좋으련만

직선으로 한 곳만 향하여 내리는 싸락눈
낯빛이 차갑다

두 손으로 감싸 안은 얼굴이
싸락눈처럼
오직 한 곳만 향한
흔적이 다닥다닥 붙어있다

비껴갈 수도 없고
물러설 수도 없는
마음을 붙잡고 흔든다

그래
몸부림은 여기까지야

이제
스쳐 가는 바람이 꽃향기 한 줌 준다면
그 향기를 품으며 살고 싶다

알밤

데구루루 굴러온 알밤이
볼이 터질 듯
할 말을 물고 내 앞에 앉아있다

독안동 산자락
큰 바위에 쓰인 "자중농원"은
아버지의 이야기가 들어있다
초봄엔 접목하고
물이 오르면
장정들은 구덩이를 파 온산에
아버지의 꿈을 심는다

긴긴밤을 하얗게 새운 밤꽃은
산불 번지듯 붉은 알밤이 되어
춤을 춘다

제3해

따비밭의 노래

야금야금 먹히는 가게 보증금
무섭게 달려드는 최저임금
폭풍우 속 촛불처럼 안간힘을 쓰느라고
닳아버린 남편
남편의 낡은 구두

무지개 같은 하루

푸른 대나무숲에 참새 가족이 날아든다
겨울이 춥기만 한 건 아니다

대나무 가지 끝에 앉은 새들이
속을 푸느라 열기가 식을 줄 모른다
세상살이 호락호락하지 않다느니
정으로만 사는 게 아니라거니
때로는 냉정하게 가지치기도 해야 한다거니
종일토록 해가 지는 줄도 모르고
쫀득한 하루가
달그림자와 하나 된다

숲 향기

사방이 숲일 때는
어디서 향기를 내뿜는지
몰랐는데

가을 깊어 낙엽 지니
한 줄기 찔레가
빨갛게 영근 자태를 뽐낸다

있어도 없는 듯
없어도 있는 듯
찔레처럼 향기를 품고 싶다

홍시

무서리도 예고 없이 오진 않는다
잎새를 흔들어보기도 하고
달맞이 잎을 땅바닥에 뉘어도 본다
한밤중 무서리에 드러낸 홍시
꾸미지 않아도 윤기가 흐르는
민낯이 아름답다

따비밭의 노래

야트막한 산비알
한 땀씩 일군 따비밭엔
갈무리되지 않은 고춧대가
칼바람을 맞고 있다

붉다만 마른 고추가
허리춤에 붙어
찬 서리에 애간장을 태우던 일이며
불가마 솥 같은 여름을 이겨낸 일이며
뒤돌아볼 겨를 없이
숨 가쁘게 살아온 이야기에
밤은 깊어져 가고

또 맞이할 새봄에
가슴이 뛴다

낡은 구두

겨울바람에 옷깃을 여미면서도
한 번도 들여다보지 못한
너의 모습이 시리다

맨몸이라
메마른 곳
뒤돌아 갈 수도 없는 협착 길에서
앞으로만 가다가
시골집 뜰팡에서 마주쳤을 때 철렁했지

야금야금 먹히는 가게 보증금
무섭게 달려드는 최저임금
폭풍우 속 촛불처럼 안간힘을 쓰느라
닳아버린
남편의 낡은 구두

그까이 꺼

까만 콩 넣은 밥을 먹으면
부자가 된 거 같아
행복하다는 남편의 말에

그까이 꺼 뭐 어렵다고

육거리시장으로 달려가
까만 콩 한 줌 사다가
두 알 세 알 심었더니
소담하게 자라

건너온 말(言)
날아온 말(言)
거르지 않은 실수가
자줏빛 콩꽃이 핀 순을
자르고

기다리고 기다려도
여물질 않아
꼭 심은 만큼 손에 쥐고
세상에 쉬운 건 없네

달래 한 줌 바람 한 줌

봄 향기 스며들어
아지랑이 아른거리는
들판에
얼굴을 발그레 물들인
달래가
수줍은 미소를 짓고 있다

실개울 사이에 두고
오가는 마음은
네 맘
내 맘
설레는 마음 물들이고

들판엔
모진 겨울 참아내고
향기 품은 달래처럼
닮아가는 인생살이

날 보세요

늙은 호박을 안고
아파트 계단을 올라가는데
만나는 사람마다
신기한 듯 바라본다

한때
파스텔톤으로 물들었던 얼굴엔
삶의 흔적이
단풍비처럼 흘러내리고
갈 곳 잃은 손끝은 허공을
더듬는데

얼굴은 빵빵하고
뽀얗게 분까지 피어오른
늙은 호박이
날 보라며 우쭐댄다

흐드러진 장미꽃과
향기 흩날리는 백합화가
호박꽃도 꽃이냐며 비아냥거릴 때도
눈 한 번 질끈 감고 나니
금빛 날이 왔다

고것 참

닮은 듯
다른
생김새
옥토에 심긴 씨앗이
뿌리를 깊이 내릴 때
돌 짝 밭에서 안간힘을 쓰더니

닮은 듯
다른
사랑스러운 맛과
애틋한 맛이 어우러진다

다른 듯
닮은
부부가 마주 앉아
아삭한
총각김치에 빠져있다

인연

한적한 강가에 앉아
흐르는 물속에 손가락을 빙빙 돌린다
뿌연 물줄기가 가느다랗게 올라온다
좀 더 깊숙이 손을 넣어 휘저으니
뭉텅뭉텅 찌끼가 올라온다
그렇게 한참을 토해내더니
차츰 맑은 물속 모래알들이 보인다

제 몸이 녹아내리는 줄도 모르고
오직 어머니의 행복만을 위해
시고 떫고 쓰디쓴 잔을
삼켜 버리는 그녀

동글동글한 돌멩이의 물이끼를 벗기고
반짝이는 제 모습 찾아 나선다

세상에서 가장 아름다운 입술

어느 날
그녀의 몸에 가려움증이
해 같은 웃음을 가져가더니
뛰고 춤추고 그녀의 몸을
제 몸처럼 가지고 논다

벅벅
긁어드리는 작은 손길에도
어릴 때 엄마 젖 만지던 만큼이나
좋단다
하루하루를 온 힘을 다해
마주해야 함에도
표정 하나 일그러짐 없이
감사해유

어느 효심

어머니가 웃을 수만 있다면

비단 장수 왕서방이 춤을 춘다
맨바닥이어도 좋다
관객은 어머니 한 분

코로나로 비대면 면회 중인 요양원
창밖에서 이순 아들 내외가
재롱 잔치를 연다

발길을 재촉하던 붉은 노을이
눈을 적시고
어머니 깊은 주름 활짝 펴진다

하나의 수레바퀴가 되어

하루에도 몇 번씩
같은 말을 묻고 답하고

열 번을 물으면 열 번을 답하고도
처음인 것처럼
거꾸로 가는 시간이 진지하다
손끝만 닿아도 부서질 것 같은
유리공주 같은 어르신을
휠체어에 태우고 내린다

빨주노초파남보
각기 색이 다른 마음들이
손에 손을 잡고
물샐틈없이 깍지를 낀다

벙글어진 웃음꽃으로
하루를 마무리하기 위하여

민달팽이의 노래

촉촉 내린 가을비에
민달팽이의 하루가
배춧잎과 브로콜리의 달큰함으로 이어진다

무더기로 올라온
굵은 씨알에 밀려 찌그러진 양재기 밑바닥에서
달그랑거리던 쪽파
민달팽이는 그저 지나친다

밤사이 끼니를 거르신 어르신은 잘 주무셨는지
안 아픈 곳이 없다며
고래고래 소리 지르던 어르신은 편안해졌는지

출근길에 무임승차한 양달팽이가
목을 길게 늘인다

아들이 된 복숭아

참 야속한 코로나19
자그마한 유리 창문을 사이에 두고
모자가 마주 보며 안부를 묻는
요양병원 면회실
귀가 어두운 노모는 동문서답이다

해살거리며 들어오던 복숭아도
볼이 발그레해져 어쩔 줄 모른다

아무도 없는 데로
복숭아 한 개만 갖다주세요

어머니는 얄포롬하게 저며 썬
복숭아를 입에 물고
7월 중복 불볕 아래
땀 냄새로 범벅이 된
아들의 어깨를 감싸 안아 토닥인다
갓난아이 때 수없이 뽀뽀해 주던 아들의 볼
복숭아에 연이어 입술을 대고 있다

한울 안에서

스치듯 지나가는 짧은 점심시간
친구야 눈만 감지 말고
얼마나 아프냐고 물어봐 주지

폭포수 같이 쏟아지는 물줄기에
서운한 마음 씻어내고
아픈 몸도 달래 본다

회전목마처럼
돌아가는 어지러운 세상
불끈 힘을 준 바지랑대가 솟아오르자
본래의 색깔이 돌아온다
노랑 분홍 보라

열사흘 달빛

요양원 삼층에서
내다본 바깥세상

막 써레질을 끝낸
반듯한 논에
물이 찰랑거린다

모처럼 물 만난
개구리들의
정겨운 합창 소리

잠시 잠깐 스치듯
엄마의 푸르던 잔칫날이
지나간다

배를 내민 열사흘 달이
가만히 내려다본다

엄마의 웃음꽃

눈길만 마주쳐도
이팝꽃 같은 웃음이
톡톡 터진다

평온한 얼굴엔
세상 근심 찾을 수 없는데

꿈결인 듯 생시인 듯
낭구*를 많이 해서
삭신이 아프다는
깊은 속내를 홀로 꺼낸다

살금살금 들어온
봄바람에
하얀 꽃송이 내려앉는다

* 낭구: 나무의 방언

울렁증

공주 가는 길은
길도 마음도 두 갈래다
저 마음 깊은 속 뭉게구름이
뭉실뭉실 퍼져 나오는 기억들
귤낭상근막처럼 뻗친 세포까지 뜯어내던
꼼꼼쟁이 그를 만나던 거기
백송 다실은 간 곳 없고
공산성 소나무만 청청하다

이름도 동네도 낯선 갑사 방면
한 작은 마을에는 가슴 울렁 고개 넘는 어머니가
뭉텅뭉텅 세어버린 세월을 떼어내고
깨지고 흔들려 조각조각 난 기억을
가까스로 잡고 계신다
'딸을 위하여'
'딸을 위하여'
'딸을 위하여'

와인빛 매니큐어는 군데군데
떨어져 나간 채

참깨 심던 날

시끌벅적
산새들의 아침
어제 심다 만 참깨를 심고
잠시 쉬는데
이름 모를 작은 산새 한 마리

여기도 콕
저기도 콕콕
분주하다
놀란 가슴 쓸어내리며
덮어버린 하얀 비닐막

깨소금 같은
아침 식탁이 되었을 텐데
어미새는
애꿎은 맨땅만 콕, 콕콕
민망한 몸짓에
미안한 마음 같이 덮었다

새순을 위하여

초록이 물든 여름날
모진 태풍에 꺾인 나뭇가지
가을이 지나고
겨울이 와도
상처를 그대로 붙잡고 있다
그때 그날은 이미 흔적도 없는데
가지는
바람이 부드럽게 손 내밀어도
햇살이 다정하게 말 걸어도
돌돌 몸을 말고 뒤척인다
어쩔까
새 탄생의 봄이면
또 만날 바람
미워만 할 수 없다는 걸 알기에
손 내밀고 몸 흔든다

제4해

이슬처럼 달려 있는 그리움

시시때때로
갖은양념이 되기 위한
야무진 손끝에는

채송화 두어 송이 뽑아내고 차지한
아픔이 있다

향기를 품은 그리움

시골 마을
아담한 교회 찾아가는 길가 풀섶에
무리 지어 있는 고마리
봉긋 거리는 꽃봉오리마다
이슬처럼 달려 있는 그리움

고만고만한 기집애들이
해지는 줄도 모르고
하나쯤 감춰둔 비밀
봉오리를 터트린다

한 송이 풀꽃이라고

아파트 화단에
한차례 단장을 한 풀꽃들이
살랑거리는 게 새롭다

서른여섯 되던 해
관절 마디마디에 통증이 찾아와
죽을 만큼 아파했던 때가 있었다
초롱 거리는 두 아이의 눈빛과
주렁주렁 달려 짓누르는 삶의 무게

이제
여린 풀 흔들던 고추바람도 지나가고
새롭게 피어난 꽃송이
향기 번지는 노래를 하련다

너도 나처럼

외출 시간 다 되어가는데
냉동실에서 쪼르르 흐르는 물이
나서려던 발길을 잡는다
냉동실 칸 칸마다
눈물범벅이 되어
맥없이 주저앉은 보물들

끌어안기만 하며
털어내지 못해 얻은 친구
우울증
함께 가자며 덥석 잡은 손
밤낮 깊은 잠 속으로 이끌 때

비워내고 얻은 작은 텃밭
겨자씨보다 작은 씨앗이
싹을 틔우고 열매 맺어
가슴속 빛줄기 된다

단골손님

새벽시장 육거리를 가려고
신호등을 기다린다

산에서 내려온 새 식구가
입이 짧아 양상추를 사러 간다는
어떤 이의 말이 자꾸 귓가를 맴돈다

산골 밭 한 뙈기에 발을 붙이며
그런가 했던 그해 봄
고추 고구마 심는 대로 맛을 본다
남편과 밭두렁 오가며
촘촘하게 꼼꼼하게 친 망

장맛비에 속살 드러난 그날
단골손님은 여전히 다녀가
콩 순 먹고
발자국 콕콕 찍어놓고

내 마음의 지우개

무지갯빛 수세미를 선물로 받았다
한 줄의 실을 손가락에 걸고
코를 잡아
한 올 한 올마다
매듭도
이음새도 없이 엮은 사랑

지나고 보면 아무것도 아닌 일이
얼룩으로 남는다

유리그릇보다도 다치기 쉬운
내 마음을 닦아낸다

한 줄기 실이
굵어지지도 가늘어지지도 않아
한결같은 수세미처럼 살고 싶다

장마는 어디로

장마라는 이름표를 달고
먹구름이
빗방울을 떨군다

찰그랑
어머니의 호미 소리에
들깻모 키를 맞춘다
둘 셋씩 짝을 짓는다

하루새
흙먼지
바람에 흔들리는 들깻모
가랑잎 같다

빼앗긴 자리

네모반듯한 작은 밭에서
나란히 누운 파들이
속살을 조금씩 밀어 올린다

시시때때로
갖은양념이 되기 위한
야무진 손끝에는

채송화 두어 송이 뽑아내고 차지한
아픔이 있다

눈 들어 보면
두엄더미 위에서도
그날을 탓하지 않고
고운 빛을 더해 영글어 가는 씨앗에
고개 돌린다

쉼표를 찍고 싶을 때

간밤에 비가 왔는가 보다
기생초의 올망졸망한 꽃들이
한 방향으로 누워있다
더러는
허리를 꼿꼿이 세우고 있지만
뿌리는 하나다

모든 사람의 생각이 같지 않듯
산다는 건 정답이 없는 것

걸어온 길
흔적은 빗물에 덮이고
모래알이 메꾸었을지라도
잠시 뒤를 돌아볼 일이다

과수원 댁

산성 올라가는 길에
탐스런 복숭아를
파는 그녀가 있다

입담이 소담스러워
얻은 박사님

박사님 판매장 둘레엔
해마다 접시꽃이 피고

이마에 수건을 질끈 동여맨
꽃보다 향기로운 그녀

산성만큼 듬직한
그녀가 노래한다

흙에 살리라
고향에 살리라

장날 풍경

육거리 장날
버스 한 대가 정거장에 도착
문이 열리자
할머니가 데굴데굴 굴려 내려보낸
보따리 두 개

승강장에 있던 사람들이
마주 보며 웃는다

사는 거 별 거 있는가
데굴데굴 구르며

웃으며 살자

따지지 말자

덮으며 살자

보따리가 교훈을 준다

누구세요?

쇠내울공원을 지나
버스정거장을 향해 가는데
이른 봄
딸기를 담고 있던
빨간 플라스틱 그릇에
알 수 없는 것이
햇빛에 몸을 비비 꼬고 있다

무엇인가 갸우뚱거리며
쪼그리고 앉아
요리조리 살펴보는데

나 콩나물이유
힘이라곤 하나도 없이
머리를 늘어뜨린 채
아는 체한다

천년초 사랑

천년초를 스치기만 했는데
보이지 않는 가시

속 깊고
심성 착한 남자
입술에 가시가 돋쳤다

쓰고 난 장갑이라고
말을 해주든지 치우든지
미안하단 말 하기조차 미안해
삼킨다

꽁꽁 닫혔던 꽃잎
햇살이 열어 주고
앞다투는 꿀벌들 엎치락뒤치락
그 남자 입꼬리가 올라간다

그 집에서

바지락 칼국수 앞에
보리밥
그릇 바닥에
찰기 없이 한 알 한 알

나도 너 모르고
너도 날 모르는 듯
멀뚱멀뚱하다가

분꽃 시계 활짝 열어
때를 맞추면서

보리밥 위에 찐
호박잎과 된장이
빛바랜 흑백사진처럼
끌어안는다

향기로 남고 싶은 날

남새밭 발길 잠시 뜸하면

끊어진 풀기 하나만으로도
터를 잡고
쑥대밭을 만든다

앞면은 녹색으로
뒷면은 은빛으로
어느 쪽이 진심일까

치댈수록 쫀득한 정이
새록새록 배어 나온다

조청

보리는 싹을 내고
쌀은 밥이 되고

끝까지 삭아야 할 밥알 하나가
부글부글 끓어오르다
가까스로 가슴을 누르며
미운 정 고운 정으로 단물을 내고
불 조절을 한다

넘치지도
눌어붙지도 않게

나를 안는다

대청호 둘레길을 걷는다
지천에 옹기종기 피어있는 야생화

머리카락 흩날리도록
바람이 불어도
간지러운 봄 햇살에
언 땅이 푸석한 얼굴로 오르고 내려도

그 자리에 여전히 서 있는 작은 꽃들이
흙과 하나가 되고 싶은
나를 안는다

동장군 간지럼 태우기

농촌 어머니의 아침은
속이 탄다

산 그림자를 엄마 품 인양
길게 누운 동장군이
겹겹 옷을 입고 돌아눕는다

아기 햇살이
굽이굽이 돌아서 찾아와
간질이는 옆구리

얼음장 아래로
수정같이 맑은 눈망울을 한
동장군의
입꼬리가 배시시 올라간다

호도독 호도독
어머니의 발걸음이 분주하다

새봄을 열다

난생처음 이렇게
살가운 바람은 처음이다
고단한 삶
어두운 긴 터널은
끝이 보이지 않고

가랑잎처럼 바스락거리며
상처 난 조각들이
산산이 부서질 즈음

진달래 꽃물 들이고
아침햇살 빛깔 담은
종착역이 보인다

세월이 가져다준
온기가 스며든다

제비꽃

저만치 멀어져 가는 겨울 뒤에서
다순 햇살 안고 피어난 제비꽃
산뜻한 보랏빛으로 눈길 잡더니
개나리 열차 타고 떠난다
벚꽃 터널 지나
덩굴장미 중간역에 이르러
숨 고르고 돌아본 자리에는
쌀자루 보릿자루 결실을 보아
등짐 가득 지고 있다

만남은 짧을수록 애가 탄다
포개진 손 놓기도 전 돌아서는 등
모두 주어 가벼운 그 자리 지키며

묵묵히 꿈을 이루어 가는 너
그래서 난 네가 좋다

제5해

그대 곁으로 간다

산골짜기에서 내려오는 물이
마지막이라며
쓰디쓴 똥물까지 끌어올려
안간힘을 쓰고 있을 때도
바랭이는 당당하다
성큼성큼 내딛는 발자국마다
뿌리를 깊이 내리고
자갈밭에서도 꽃을 피우는 바랭이

설날

노곤한 오후
시간을 길게 늘인다

큰 울 안에서
짧은 눈맞춤은 아쉽기만 하다

구름처럼
흩어진 자리 다시 메우고

곳곳에 숨어든
아이들 웃음꽃
팝콘처럼 달콤한 향기로 피어난다

꽃씨 속에 안긴 유진이

- 유진이 다섯 살 때

햇살이 고개를 반쯤 숙이고
꽃잎 하나둘 접고 있을 때
놀이터 모퉁이에서
시계처럼 둥근 꽃을 보고
할머니! 이건 시계꽃이야?
난 봉숭아꽃은 알아
신난 유진이는 꽃을 쓰다듬고
향기를 맡으며 재잘거린다
봉숭아 그 곱던 빨간색은
씨앗 어디쯤 자리 잡았을까
새싹을 틔울 때쯤
유진이도
해맑은 웃음꽃이 만발하겠지

어머니의 그림자

6·25 전시에 태어나
한 번도 아버지를 불러보지 못한
막내아들인 남편은
어머니의 아픈 손가락이다
바라보는 눈은 젖고
다독이는 손길은 애처롭다

봄이 오면 담장 아래
어머니가 심어 놓은 반디나물이
새싹이 돋아 넌출거리고
나는 그 나물을 무친다

사무치는 그리움인 듯
입안에서 반디나물이 춤을 추면
목울대를 오르락내리락
남편은
어머니의 눈물을 먹고 있다

오월의 길목에서

금강 물줄기를 따라간다
물 흐르듯 순리를 띄우며 오가던 길
그때 그날부터 물줄기가 눈으로 거슬러 오른다
금강 변 유채꽃은 그때나 지금이나 만발했는데
엄마야! 어디에 계시나

백송이 꽃을 피울 때까지
팔 남매 중에서도
딸은 너 하나라며
유순이라고 불러주시던 엄마
물결 따라가시고 첫 맞이 어버이날
송이송이 꽃마다 소복을 입고
숙인다 머리를

묵정밭

묵정밭을 바라보다가
옥수수 몇 알 심으려고
떠나는 봄을 잡고 마주 앉았다
처음엔 연하디연한 순으로 들어와
자리 잡고 점점 영역을 넓혀나가는 것들
기경하기 전에는
옥토가 될 수 없는 묵정밭

처음 만남이 수줍어
마주 볼 수 없더니
세월 따라 묵정밭처럼
변한 내가 앉아있다
아무리 약속하고 다짐해도
내 안에 있는
뽑히지 않는 쓴 뿌리들
갈아엎어야 할 것들

청보리밭

뻐꾸기 노랫소리
햇살 기인 꼬리를 잡고
목청을 돋운다

바람이 휘청하면
청보리잎
초록이었다가 은빛이었다가
보리 넘실거리는
저편

아지랑이 피어오르듯
배가 부른 청보리밭에
울려 퍼지던
초년의 그 소리

지금도 듣고 싶은
뻐꾸기 노랫소리

바구니 속에 하루를 담는다

햇감자가 뽀얀 분을 내며
속살을 드러낼 때면
고개를 내밀던 쇠비름이
군사를 모으고

하늘의 기분을 살피며
호밋자루에 힘을 싣는다

어설픈 어제의 경험을 거울삼아
알뜰살뜰한
손길을 기다리는
그대 곁으로 간다

지렁이가 일구면 씨앗을 심고
이슬이 자라게 한 채소들이
방글거리는 하루를
바구니 속에 담는다

둥지 스러지고

아기새 한 마리
둥지 틀고 살던 고목이 쓰러지자
비가 오면 오는 대로
바람 불면 부는 대로
그대로 맞고 있다

어미 잃고
날개마저 가냘픈 아기새
둥지 되어 품어주던 그 품
이제는
아기새 품에 안겨있는 사진 한 장

끓는 무더위에
산도 들도 덥다 덥다 외치는데
자꾸 발치로만 떨어지는 그의 눈길
언젠가 폭포수처럼 시원한 물줄기 품어내길

마중물 한줄기 보탠다

바랭이

여름날
어머니의 하루하루를 옭아매며
해 질 녘까지
치마꼬리를 잡고 있던 바랭이가
지독하게도 무더운 날
날 따라나선다

산골짜기에서 내려오는 물이
마지막이라며
쓰디쓴 똥물까지 끌어올려
안간힘을 쓰고 있을 때도
바랭이는 당당하다
성큼성큼 내딛는 발자국마다
뿌리를 깊이 내리고
자갈밭에서도 꽃을 피우는 바랭이

너에게 한 수 배운다

가을장마

실개울
황토물에 떠내려온
울긋불긋한 사과가 둥둥
도랑을 메우고 있다

이슬 한 방울 한 방울
햇살 한 줌 한 줌 모아
일궈온 것들

촌로의 타는 가슴이
황토물에
녹아내린다

오늘 같은 날

햇살이 미끄러지듯
코스모스 꽃잎에 내려앉고
메말라 갈라짐도 없는

무슨 말을 해도 고개를 끄덕이며
그랬구나 그렇구나
다 들어 줄 것 같은 촉촉한 대지
돌 틈에 핀 들꽃 한 송이도
정겨운 눈길로 사로잡는 날

누군가를 잡거나 품고 나서
마주치는 사람마다 웃으며
하루하루가
오늘 같은 날로 살고 싶다

고향 가는 길

길을 나선 김에
고향 땅 밟아보고 싶단 말에
말없이 핸들을 돌려주는 남자

엄마 품속 같은 그곳

덜컹거리는 시골길을 달리는 버스
널뛰듯 하는 버스 안에서
"혀 깨물지 모르니 입을 다물고 가라"며
어색한 사이를 조금씩 좁혀 가던 길

아스팔트 위에 중앙선까지
말끔하게 정돈된 길가의
코스모스 향기에 취한다

밀고 당기며 끼워진 손깍지에
마침표를 찍고
다시 찾은 그리던 품 안

배춧잎 사랑
- 김장을 하며

허리를 곧게 세우고
굽실거리는 멋이
가던 길도 뒤돌아보게 했지

도려지는 아픔
절여지는 쓰라림
화끈거리다 못해
눈물범벅으로 될 때

어우러지도록 품어 안은 사랑
그날부터
하루도 빠짐없이
첫 만남처럼 달가운 너

끝내 숨죽이지 못한
줄기 하나 삐죽이 나와
부러운 시선으로 바라보던 너

잘 절인 배춧잎이
품어 안는 것처럼
살고 싶은 소망을 새긴다

결실

나뭇결이 드러난 마루가
닦고 닦아도 윤기가 나지 않는다
팔 남매 엄마의
쳇바퀴 같은 삶이 그러하듯

큰바람이 불어 휘청이며
고비를 넘길 때마다
놓칠 듯 말듯 잡아준 손

증조할머니의 영정 앞에서
고사리 같은 두 손을 모으고
엎드려 일어날 줄 모르는 증손자
보석처럼 빛나는 효심을 본다

내가 너를 알아갈 때

아홉 명이 아흐레 동안
한 팀이 되어 떠난 여행

이틀에 한 번씩 제비 뽑아
정해진 짝
셀 수 없이 많은 날을 알아 왔지만
겉만 품었을 뿐

파묵칼레 온천수에 발 담그며
서로를 자세히 들여다본다
덧입혀진 것
흔들리는 것
흐르는 물에 흘려보내고
물속에 비친 쪽빛 하늘
꼭 끌어안는다

파묵칼레의
반짝이는 보석 같은 인연

양촌리 이장댁

메타세쿼이아 가로수길을 지나
별이 잘 드는 동네
민들레 노란 웃음 향기로 입 모으고

마당 한켠 오돌빼 골라내며
옹기종기 모인 자리
할 말을 상추에 쌈을 싼다

내 몸이 일기예보라는 그녀의 쉼 없는 손
양촌리 이장댁
사랑을 재는 자는
눈금이 없다

양지리 그곳

오르막길과 내리막길을
번갈아 돌아가면
양지바른 곳에
참나무 숲이 있다

고향이 어디냐고 물으면
태백이라
울창한 아름드리 참나무가
알알이 영근 열매로
곳곳에 튼실한 뿌리를 내리고

숨소리 바스락거려도
손을 놓지 못하는 건
꽃눈이 다칠까
잎눈이 상할까

창포는 다시 뿌리를 내리고

벌 나비 찾아드는 뜨락에
흰둥이 뛰노는 마당이 꿈이라는
도시 남자가
꿈을 이룬 마당에서
별이 되었다는 소식을 바람이 전해준다

매실나무
쭈그렁 열매 달고
억새는
헝클어진 머리카락 제멋대로 날리며
두어 해를 핏기없이
혹한을 견디어 내더니

작은 연못 가에 창포가 뿌리를 내리고
몸뚱어리 반쯤 내 주었어도
홍매화 터지는 웃음소리
윤기가 흐른다

낯선 길

어느 날
서리가 하얗게 내린
그 사람의 머리가
눈에 가득 들어왔다

이제껏
잘 가지 않던 길을 나서는 것은
훗날
미안하단 말을 먼저 하게 될까 봐서다

거친 풀섶을 헤치고
칡넝쿨을 걷어내고
겨우 내디딘 한발
가시나무가 발목을 잡는다

서툴러서 찔리고
어색해서 피하며
한 사흘

그냥
살던 대로 살까?

손녀딸의 옹알이처럼
입속에서 몇 번이고 맴돌던

사랑해요
미투
알듯 말듯 미소가 번진다

숨바꼭질

신호등 대기 중
건너편 담벼락에 기대선 아이

목을 빼고 기웃기웃
몸을 낮춰 살금살금

잡힌 아이
발 구르며 깔깔깔
잡은 아이
손 흔들며 하하하

하늘 아래
땅 위
올려보고 내려보면서
부끄럽지 않게 웃고 싶다

발문

해야 김유순 시인의 시심

하이얀 미소로 돌아보는 나
—『민낯이 아름답다』

증재록(한국문인협회 홍보위원)

하이얀 미소로 돌아보는 나
-『민낯이 아름답다』

증재록(한국문인협회 홍보위원)

1. 미소가 부드러운 꽃

빙그레 소리가 없다. 꽃잎이 이슬을 머금고 피우는 미소가 아람진다. 태어날 때 이미 고명을 안았다. 이름이 세상에 났다는 거? 명성이 높다는 거? 맛이 으뜸이라는 거? 고해할까 보다. 토가 없이 풀어 내리다가 거기 그쯤 시퍼런 강물이 유유하게 흐르는 금강가에서 빙긋 웃음이 봉선화 꽃봉오리처럼 달려있다.

소중하게 태어난 고명딸, 그래도 모든 일거리는 마다하

지 않은 근면과 노력이 있었다. 가방 메고 단발머리 출랑대면서 비단처럼 부드럽게 반짝이며 흐르는 강가를 다니며 모래집 짓고 조약돌 주워 사랑하며 시심도 피웠다. 그때의 시향이 지금도 살짝 짓는 미소에서 풍겨 나온다. 시인은 내향적이고 담백하다. 반짝 햇빛을 쬐면 해말갛게 웃는 하이얀 시인, 늦가을에 맨살 드러낸 발강 홍시도, 겨울이 발을 디디면서 내미는 서리도 시인에겐 따스한 미소로 피우는 꽃이다. 바라보는 눈이 어질거리다가 정신을 일깨운다. 살짝 촉촉한 눈매를 감는 듯 피워 올린 구름의 꽃봉오리다. 겸연쩍지만 미소를 머금으면서 헤쳐나가는 역경이다. 해가 밀어 내쏘는 하이얀 빛살을 좌악 펼쳐 가슴 치는 날이 이어진다. 쇳덩이 달궈 뜨거운 그런 날에 발을 딛고 손을 저어 붉다. 곧은 의지로 내일을 내다보며 희망의 노래를 부른다. 샘에서 해맑은 물이 솟아올라 온몸을 적신다. 볕으로도 마르지 않는 뜨거운 정을 그냥 붉게 태울 수밖에 없을 듯하다.

소리도 없이 맵고 붉게 물들어 가는 마음을 미소로 휘저으며 시심을 지켜나간다. 살아온 길이 가슴으로 몰려들어 뜀박질하는 자신을 보라며 거울을 펼친다. 그때 한때가 자꾸 눈앞에서 맴돈다. 꾸밈이 하나도 없는 해얀 김유순 시인 시집 『민낯이 아름답다』 첫 장을 편다.

2. 사랑으로 피우는 꽃은 다습다

가쁜 숨의 길을 교시해 주는 건 어울림이고 거기까지 섞여 끓고 닦고 돌아쳐 그제야 열정이 피어 햇볕 바람 비가 마주쳐 품는 기운이 사랑이다. 장독대에 빨간 채송화 꽃이 함빡 피어 감아 돈다. 알면서도 모른 체 그렇게 발을 내디디면서 하루를 맞는 그걸 숫자로 쓴다. 까치 꽃 피는 날. 꽃 빛깔과 하늘이 닮아서 저 멀리 펼치는 사랑 얘기 하나. 곱디고운 듯 강하다며 한줄기로 흐르는 강물을 휘돌린다.

부부로 살다 보니
티격태격할 일이 많다

참깨를 베어서 말리고 옮기는데
남편은 깻단을 거꾸로 세우고
참깨는 깨톡 깨톡 쏟아진다

마주치는 눈빛

빛보다 빠른 발걸음은
어둠 속으로 사라지고
궁시렁거리는 소리가 잦아들자

"아까 한참 떠들던 여자분은 가셨어?"
살다 보면 요령도 생긴다

-「그 남자가 사는 법」 전문

부딪치면 열이 나고 열은 꽃이 피고 열매를 맺는다. 알알 톡톡 익은 깨알 같은 사랑의 씨. 귀하면 홀로 사릴 텐데도 사랑은 앞서서 모두 펼쳐 잡고 손 솜씨로 발재간으로 꽃을 피운다. 그렇게 나날은 세월이 되면서 맘이며 품일랑 아름다이 펼치는 다순 사랑으로 고난의 한 세상 힘겹게 살아온 주름투성이 손을 잡고 창밖 파란 하늘 하얀 구름 바라보며 눈물짓는 천사다. 가랑가랑 거칠어지고 외로운 숨소리 재우고 생긋생긋 깨꽃 피우는 요령도 있다.

나비 한 마리가
목이 긴 유리병에 날아들었다

푸른 날
무거운 짐을 진 가장이 되고
몸은 마른나무처럼
앙상하게 생기를 잃었지만
누에고치처럼

반짝이는 실을 뽑아
또 하나의 집을 짓는다

아직도 푸른 잔디를 심으며
희망가를 부르는
나비 한 마리

-「나비 한 마리」 전문

홀로는 외롭지만 자신을 들여다본다. 갇혀있는 듯 적막할 때 오히려 피어나는 미소가 있다. 한 가정의 가장이 세월 따라 늘어나는 주름에 고동을 친다. 그 안에서 질기디질긴 명주실을 뽑아 집을 짓는다. 한밤이면 그믐이든 초승이든 상현이든 보름이든 달 달 둥근달에서 얼찐 비쳐오는 사랑에 희망을 심는다. 소탈하고 달관된 삶에서 빛을 추구하는 희망은 환희를 맞는 정열이다.

야트막한 산비알
한 땀씩 일군 따비밭엔
갈무리되지 않은 고춧대가
칼바람을 맞고 있다

붉다만 마른 고추가
허리춤에 붙어
찬 서리에 애간장을 태우던 일이며
불가마 솥 같은 여름을 이겨낸 일이며
뒤돌아볼 겨를 없이
숨 가쁘게 살아온 이야기에
밤은 깊어가고

또 맞이할 새봄에
가슴이 뛴다

-「따비밭의 노래」 전문

거두지 못한 땀방울은 마르지도 않는다. 짜디짠 소금으로 질기게 속을 훑는다. 뿌리고 가꾸고 갈무리하지 못해 칼바람을 맞고 있는 고춧대를 보면서 멍청한 짓을 이내 후회한다. 그러나 그건 게으름은 아니었다. 뒤돌아볼 겨를도 없는 분주한 농사일. 이제 다시 돌아올 새봄을 맞이하기 위해 쉼이 필요하다. 그 쉼으로 펼치는 사랑이 있어야 한다며 뛰는 가슴에 내일은 풍성하다.

시골 마을
아담한 교회 찾아가는 길가 풀섶에
무리 지어 있는 고마리
봉긋 거리는 꽃봉오리마다
이슬처럼 달려 있는 그리움

고만고만한 기집애들이
해지는 줄도 모르고
하나쯤 감춰둔 비밀
봉오리를 터트린다

-「향기를 품은 그리움」 전문

고만고만한 생각을 빗어 머리를 땋고 촐랑촐랑 흔들대던 그 시절이 그립다. 그리움은 오늘의 삭막한 세상을 촉촉하게 적셔준다. 가뭄으로 질풍으로 갈라진 길을 살포시 이어오는 사이 방향도 바꾸며 풀숲으로 들어간 터, 그 터에는 들기름 냄새가 고소하게 번지고 냇가에는 초를 친 듯 시큼 냄새가 술렁대면서 바람을 일군다. 바람 그 속에는 흔들리고 끓고 익히는 추억이 살랑댄다. 홀로만 간직한 비밀이 일어나 밤을 흔든다.

햇감자가 뽀얀 분을 내며
속살을 드러낼 때면
고개를 내밀던 쇠비름이
군사를 모으고

하늘의 기분을 살피며
호밋자루에 힘을 싣는다

어설픈 어제의 경험들을 거울삼아
알뜰살뜰한
손길을 기다리는
그대 곁으로 간다

지렁이가 일구면 씨앗을 심고
이슬이 자라게 한 채소들이
방글거리는 하루를
바구니 속에 담는다

-「바구니 속에 하루를 담는다」 전문

하루라는 깊이에는 역경과 고난이 있다. 그날을 다듬어 어둠과 빛을 품은 농작물을 수확할 때면 고맙지 않은 게 어디 있을까. 가뭄 속에서도 통통 알을 밴 감자의 속살에서 인내를 품고, 유연하게 앞을 헤쳐나가는 쇠비름에서 노력을 본다. 땅에서 하늘로 향하는 구원의 의식은 빛살이다. 심고 거두는 계절을 보면 비로소 무거운 옷을 벗으며 가는 시간을 차곡차곡 담는 바구니가 행복인 거다.

3. 그윽한 미소는 사랑이다

해얀 김유순 시인을 만난 지도 어느새 10년째. 그때나 지금이나 앞에 나서지 않고 방긋 웃음이다. 그 깊이에는 진실의 사랑이 담뿍담뿍 끓는다. 달달달 볶아대지 않고 돌돌돌 돌려대지 않고 이미 시달릴 대로 시달려 온 길을 돌돌돌 돌고 도는 길이 사는 거라며 갈고 갈아온 질긴 삶을 내보인다. 한동안 장(醬)으로 손맛을 내뿜더니 어느새 자격을 취득하고 오늘이 어지러워 허공을 저으며 기우뚱대는 어르신 돌봄이로 사랑을 베푼다. 욕망이 넘치는 세상에서 그분의 뜻을 따라 거룩한 도전을 하며 아픔을 보담는다. 힘들어하는 사람을 가까이하고 소중한 시간을 떼어 어려운 사람을 돕는 손길, 사랑을 바탕으로 여기와 저기 그 사이를 잇는 고무줄 같은 인내, 질긴 인연은 차지고 구수하게 진을 친다. 돌아본다는 길이를 끌어오면 아련하다. 그때 첫 만남의 그날은 11월 1일, 똑같은 키의 111을 잡고 창가에 서서 미소를 피우던 날이다. 말없이 향내 짙은 고운 웃음은 여전하다. 해말간 미소로 하이얀 구름 피는 봄을 안고 있어서인가보다. 오늘도 정신이 들락거리는 어르신을 맞으며 품는다. 처음엔 그들이 안타까워 눈물, 이제는 그들이 측은해져 눈물, 세월을 살아가는 숨의 존귀는 어디까지인가? '존재 자체를 사랑하라' 그분의 말씀을 새기면서 점점 답을 찾아간다. 오늘도 피어나는 꽃보다 더 아름답게 펼치는 하이얀 미소가 허공을 꽉 채우고 네모진 방을 꽃 향으로 채우는 사랑의 손이 따뜻하다.

민낯이 아름답다

김유순 지음

발행처 도서출판 청어
발행인 이영철
영업 이동호
홍보 천성래
기획 남기환
편집 방세화
디자인 이수빈 | 김영은
제작이사 공병한
인쇄 두리터

등록 1999년 5월 3일
(제321-3210000251001999000063호)

1판 1쇄 발행 2023년 6월 20일

주소 서울특별시 서초구 남부순환로 364길 8-15 동일빌딩 2층
대표전화 02-586-0477
팩시밀리 0303-0942-0478
홈페이지 www.chungeobook.com
E-mail ppi20@hanmail.net

ISBN 979-11-6855-162-6(03810)

이 책은 충청북도 충북문화재단의 후원으로 2023 예술창작활동 지원사업 공모전 선정으로 지원받아 발간되었음.